I'm The
AUNTIE
ELF

I'm The
AUNTIE
ELF

I'm The
AUNTIE
ELF

I'm The
AUNTIE
ELF

I'm The
AUNTIE
ELF

I'm The
AUNTIE
ELF

I'm The
AUNTIE
ELF

I'm The
AUNTIE
ELF

I'm The
AUNTIE
ELF

I'm The
AUNTIE
ELF

I'm The
AUNTIE
ELF

I'm The
AUNTIE
ELF

I'm The
AUNTIE
ELF

I'm The
AUNTIE
ELF

I'm The
AUNTIE
ELF

I'm The
AUNTIE
ELF

I'm The
AUNTIE
ELF

I'm The
AUNTIE
ELF

I'm The
AUNTIE
ELF

I'm The
AUNTIE
ELF

I'm The
AUNTIE
ELF

I'm The
AUNTIE
ELF

I'm The
AUNTIE
ELF

I'm The
AUNTIE
ELF

I'm The
AUNTIE
ELF

I'm The
AUNTIE
ELF

I'm The

AUNTIE

ELF

I'm The
AUNTIE
ELF

I'm The
AUNTIE
ELF

I'm The
AUNTIE
ELF

I'm The
AUNTIE
ELF

I'm The
AUNTIE
ELF

I'm The
AUNTIE
ELF

I'm The
AUNTIE
ELF

I'm The
AUNTIE
ELF

I'm The
AUNTIE
ELF

I'm The
AUNTIE
ELF

I'm The
AUNTIE
ELF

I'm The
AUNTIE
ELF

I'm The
AUNTIE
ELF

I'm The
AUNTIE
ELF

I'm The
AUNTIE
ELF

I'm The
AUNTIE
ELF

I'm The
AUNTIE
ELF

I'm The
AUNTIE
ELF

I'm The
AUNTIE
ELF

I'm The
AUNTIE
ELF

I'm The
AUNTIE
ELF

I'm The
AUNTIE
ELF

I'm The
AUNTIE
ELF

I'm The
AUNTIE
ELF

I'm The
AUNTIE
ELF

I'm The
AUNTIE
ELF

I'm The
AUNTIE
ELF

I'm The
AUNTIE
ELF

I'm The
AUNTIE
ELF

I'm The
AUNTIE
ELF

I'm The
AUNTIE
ELF

I'm The
AUNTIE
ELF

I'm The
AUNTIE
ELF

I'm The
AUNTIE
ELF

I'm The
AUNTIE
ELF

I'm The
AUNTIE
ELF

I'm The
AUNTIE
ELF

I'm The
AUNTIE
ELF

I'm The
AUNTIE
ELF

I'm The
AUNTIE
ELF

I'm The
AUNTIE
ELF

I'm The
AUNTIE
ELF

I'm The
AUNTIE
ELF

I'm The
AUNTIE
ELF

I'm The
AUNTIE
ELF

I'm The
AUNTIE
ELF

I'm The
AUNTIE
ELF

I'm The
AUNTIE
ELF

I'm The
AUNTIE
ELF

I'm The
AUNTIE
ELF

I'm The
AUNTIE
ELF

I'm The
AUNTIE
ELF

I'm The
AUNTIE
ELF

I'm The
AUNTIE
ELF

I'm The
AUNTIE
ELF

I'm The
AUNTIE
ELF

I'm The
AUNTIE
ELF

I'm The
AUNTIE
ELF

I'm The
AUNTIE
ELF

I'm The
AUNTIE
ELF

I'm The
AUNTIE
ELF

I'm The
AUNTIE
ELF

I'm The
AUNTIE
ELF

I'm The
AUNTIE
ELF

I'm The
AUNTIE
ELF

I'm The
AUNTIE
ELF

I'm The
AUNTIE
ELF

I'm The
AUNTIE
ELF

I'm The
AUNTIE
ELF

I'm The
AUNTIE
ELF

I'm The
AUNTIE
ELF

I'm The
AUNTIE
ELF

I'm The
AUNTIE
ELF

I'm The
AUNTIE
ELF

I'm The
AUNTIE
ELF

I'm The
AUNTIE
ELF

I'm The
AUNTIE
ELF

I'm The
AUNTIE
ELF

I'm The
AUNTIE
ELF

I'm The
AUNTIE
ELF

I'm The
AUNTIE
ELF

I'm The
AUNTIE
ELF

I'm The
AUNTIE
ELF

I'm The
AUNTIE
ELF

I'm The
AUNTIE
ELF

I'm The
AUNTIE
ELF

I'm The
AUNTIE
ELF

I'm The
AUNTIE
ELF

I'm The
AUNTIE
ELF

I'm The
AUNTIE
ELF

I'm The
AUNTIE
ELF

I'm The
AUNTIE
ELF

I'm The
AUNTIE
ELF

www.ingramcontent.com/pod-product-compliance
Lightning Source LLC
LaVergne TN
LVHW060326080526
838202LV00053B/4427
* 9 7 8 3 3 4 7 1 6 0 4 0 8 *